아무것도 아니면서 모든 것인 나

문학과지성사에서 펴낸 최승호의 시집

고슴도치의 마을(1985)
방부제가 썩는 나라(2018)

문학과지성 시인선 R 16

아무것도 아니면서 모든 것인 나

펴 낸 날 2018년 7월 20일

지 은 이 최승호
펴 낸 이 이광호
편   집 조은혜 최지인 이민희 박선우
펴 낸 곳 ㈜문학과지성사

등록번호 제1993-000098호
주   소 04034 서울 마포구 잔다리로7길 18(서교동 377-20)
전   화 02)338-7224
팩   스 02)323-4180(편집) 02)338-7221(영업)
전자우편 moonji@moonji.com
홈페이지 www.moonji.com

ⓒ 최승호, 2018. Printed in Seoul, Korea

ISBN 978-89-320-3449-2 03810

이 도서의 국립중앙도서관 출판예정도서목록(CIP)은 서지정보유통지원시스템 홈페이지
(http://seoji.nl.go.kr)와 국가자료공동목록시스템(http://www.nl.go.kr/kolisnet)에서
이용하실 수 있습니다. (CIP제어번호: CIP2018022065)

문학과지성 시인선 R 16

아무것도 아니면서
모든 것인 나

최승호

나는 쓰고 싶다
문을 열 때마다
낯설고 놀라운 풍경이
눈앞에 처음 펼쳐지는 것처럼.

2003년 늦여름

아무것도 아닌 시집처럼 『아무것도 아니면서 모든 것인 나』가 절판된 지도 오래되었다. 말의 저편으로 멀어져가던 시집을 다시 출간해준 문학과지성사에 감사드린다.

모든 것이 변하는 세상에서 내가 아무것도 아니라는 생각은 변하지 않은 것 같다. 계절이 변하고 몸이 변하고 생각의 감옥 속에서 말들이 변해가도 그것들과는 전혀 관계없는 하나의 고요, 아무것도 아니면서 언제나 하나인 나, 그 나를 나는 시인이라고 불러본다.

2018년 여름 서울에서
최승호

일러두기

1. 이 책은 『아무것도 아니면서 모든 것인 나』(열림원, 2003)의 복간본이다.

2. 저자의 확인을 거쳐 수록 시의 순서를 조정하고 몇몇 시의 시어, 시행, 문장부호를 새롭게 확정했다.

3. 수록된 시의 경우, 맞춤법과 외래어 표기, 문장부호는 현행 국립국어원 규정을 원칙으로 삼되, 띄어쓰기는 문학과지성사 자체 규정을 따랐다.

4. 원문의 한자어는 한글로 옮기거나 각 시마다 처음 1회 병기하는 것을 원칙으로 삼았다.

아무것도 아니면서 모든 것인 나

차례

시인의 말

뭉게구름

나는 구름 숭배자가 아니다
내 가계엔 구름 숭배자가 없다
하지만 할아버지가 구름 아래 방황하다 돌아가셨고
할머니는 구름들의 변화 속에 뭉개졌으며 어머니는
먹구름을 이고 힘들게 걷는 동안 늙으셨다

흰 머리칼과 들국화 위에 내리던 서리
지난해보다 더 이마를 찌는 여름이 오고
뭉쳐졌다 흩어지는 업의 덩치와 무게를 알지 못한 채
나는 뭉게구름을 보며 걸어간다

보석으로 결정되지 않는 고통의 어느 변두리에서
올해도 이슬 머금은 꽃들이 피었다 진다
매미 울음이 뚝 그치면
다시 구름 높은 가을이 오리라

멍게

멍청하게 만든다
무슨 말을 해야 할지
생각을 지워버린다

멍게는 참 조용하다
천둥 벼락 같았다는 유마의 침묵도
저렇게 고요했을 것이다

허물 덩어리인 나를 흉보지 않고
내 인생에 대해 충고하지 않는 것만으로도
멍게는 얼마나 배려 깊은 존재인가

바다에서 온 지우개 같은 멍게
멍게는 나를 멍청하게 만든다
무슨 말을 해야 할지 생각을 지워버린다

멍!
소리를 내면 벌써 입안이 울림의 공간

메아리치는 텅 빈 골짜기

범종 소리가 난다

멍

끈

핏방울들이 아스팔트에 뿌려지면
고무 타이어들이 굴러가며 지우는
흰 줄무늬 횡단보도

등에 팔랑나비 리본을 달고
개옷 입은 개가 길을 건너온다
메리!
오! 메리라는 개

나는 늘 불길해지는 미래의 오늘로 끌려온 것 같다
뭔가 좋아질 것 같았던
그러나 불안의 아가리만 더 크게 벌어진
오늘

메리!
메리는 끌려간다
긴 털에 두 눈이 가려진 채
등에는 팔랑나비 리본을 달고

아무래도 앞날이 불확실한 사람이 늘어뜨린

끈

그 끝에

온몸이 매달려서

오! 불쌍한 메리야

물방울무늬 넥타이를 맨 익사체

흐린 물속에서 며칠

넥타이를 맨 채

깊은 잠에 빠져 있었던 모양이다

와이셔츠에는 흙물이 들었다

혁대는 뚱뚱한 복부를 조르고 있다

발기는 끝장이 났다 난센스

속에서도 진지했던 인생의 문제들은

통째 해소된 것으로 보인다

콧등에 붙은 우렁이 새끼가 꼬물거린다

두 팔은 물속으로 축 늘어져 있다

뜻밖의 공짜 먹거리를 만난 것처럼

물땅땅이, 물빈대, 물장군, 물방개 등등이

오후의 익사체에 몰려들었다

그들은 다리를 움직인다

그들은 배를 불리려고 애쓴다

몇 시나 되었을까

콧구멍 속으로 우렁이 새끼가 들어간다

구멍 속에 뭐가 있는지도 모르면서 슬금슬금

인어에 대한 상상

지하철 양재역에서
말죽거리 시장 쪽으로
하반신을 통째 고무 가죽으로 싼 한 남자가 포복한다
동전 몇 닢 담긴 그릇을
보도블록에서 보도블록으로 밀고 가는
그 느림은 지루하고
고통스럽다
양서류적 상상력에서
인어들이 태어났다고
나는 생각한다
하반신이 물고기인 인어가 있는가 하면
물고기 대가리에 인간의 하체가 달린 인어도 있다
그 두 인어가 바닷가에서
결혼식을 올린다고 상상해보라
기념사진을 찍어도 그 부부만큼
그로테스크한 고독이 있을까

검은 고양이

그믐밤 어둠으로 빚은 듯한
검은 영물靈物,
고양이는 목털을 세우고
이빨을 드러내며
쓰레기 자루 옆에서 나를 노려보았다
그 눈구멍의 광채,
물질로 말하자면
해묵은 가죽 자루인 나를 꿰뚫고
업으로 말하자면
오물 덩어리인 나를 이글거리며 쏘아보던
신령스러운 눈알,
물외物外의 일은 접어두고
말하자면 그렇다
비닐이 찢어지고 국물이 흘러내리는
쓰레기 자루 옆 검은 고양이의 눈빛을 잊을 수가 없는 것
이다
우리가 다시 쓰레기 냄새 속에서 만나리라
자루를 집어 던지자 휙 달아나던

검은 영물,
그 뒤의 일에 대해서는
지금은 별로 할 말이 없다
이를테면 쓰레기의 힘으로 젖이 불어난
암코양이 가족의 근황
어린것에게 오물을 먹이는
굶주림 이야기
진척 없는 내 어두운 밤
영虚을 향해 자라나는 내 영혼의 진실 따위는
글쎄, 다음에 말할 수 있을는지

시치미 떼기

물끄러미 철쭉꽃을 보고 있는데
뚱뚱한 노파가 오더니
철쭉꽃을 뚝, 뚝, 꺾어 간다
그러고는 고개를 돌리며 내뱉는 가래침

가래침이 보도블록과 지하철역 계단
심지어 육교 위에도 붙어 있을 때
나는 불행한 보행자가 된다
어떻게 이 가래침들을 피해 길을 가고
어떻게 이 분실된 가래침들을 주인에게 돌려줄 것인가

어제는 눈앞에서 똥 누는 고양이가
나를 똑바로 쳐다보며 끝까지 똥 누는 걸 보고
이제는 고양이까지 나를 무시한다고 생각했다
위대한 수줍음은 사라졌다 뻔뻔스러움이
비닐과 가래침과 광고들과 더불어
도처에서 번들거린다

그러나 장엄한 모순 덩어리 우주를 이루어놓고
수줍음으로 숨어 있는 이가 있느니
그분마저 뻔뻔스러워지면
온 우주가 한 덩어리 가래침이다

자살의 풍경

아파트에서 뛰어내린 소년은
한 손에 만화책
한 손에는 휴대폰을 쥐고 있었다 한다

흐린 수족관에서 바깥을 내다보며
그저 늙는 벙어리 물고기가 아니라
수족관에서 콘크리트 바닥으로
뛰쳐나간 어린 물고기처럼

    *

  저물녘 죽은 나무에 앉아 있는 까마귀
  한 송이 흑목련 같다
  누가 죽은 나무 밑으로 걸어와서
  어두운 목을 매거든
  썩은 나뭇가지야, 부러져버려라
  쿵! 땅바닥에 자빠진 사람이 엉덩이 흙을 털면서
  집으로 터벅터벅 돌아가도록

기러기 반 마리

신도시는 낯설다
대규모 가건물 같다
그렇다고 그곳의 주민들까지
가건물 같은 인생을 산다고 말할 수는 없을 것이다

황량하기 짝이 없는 신도시 변두리에는
드문드문 버려진 논밭들과 휑한 모텔이 있고
누추한 집을 대충 개조한 음식점에서는
토종닭, 오골계, 청둥오리는 물론
기러기 반 마리도 주문해 먹을 수 있다
음식물 쓰레기통 속 날짐승들의 잔해

기럭기럭 먼 하늘을 날아가는
기러기 반 마리여,
오늘은 마음이 비익조比翼鳥처럼
반쪽이 나서
저무는 서쪽 하늘을 날아가는가

가난한 사람들

가난한 사람들이 아직도
너덜너덜한 소굴에서 살아간다
시커먼 연기가 솟고 소방차들이 달려왔을 때
무너지는 잿더미 앞에서 울고 있는
아이와 노파를 나는 보고 있었다

서울 한복판에 이런 변두리 인생들이 있다는 것
헌혈 플래카드를 큼직하게 내건
적십자혈액원 건물이 바로 옆에 있지만
가난한 피는 여전히 가난하고
궁핍에서 죽음에 이르는 길에 너절하게
불어나는 물건들이 있다는 것

그 누구도 물왕物王이 되지는 못할 것이다
넝마촌과 붙어 있는 고물상, 폐품들의 무덤
그 크기는 왕릉만 하다
나는 그것을 고물왕古物王의 무덤이라고 불러본다

가난한 사람들이 손수레를 끌면서

오늘도 문명의 잔해를 나르는 곳, 그 입구를 지키며

엎드려 있는 검은 개는

스핑크스처럼

짖지도 않고 나를 보고 있다

재 위에 들장미

해 질 녘이면 공룡들은 고개를 들고
불길한 그 무엇을 바라보고 있었을까
저탄장의 석탄 더미는 한때
양치식물의 숲이었다
고생대의 잿더미
무개화차는 수북하게 석탄을 싣고
탄광 지대의 거무스름한 철길을 지나간다
광부의 도시락과
술집에서 늙은 여자의 노래와
쌍굴 다리를 내려오던 코흘리개 아이들을 나는 기억한다

들장미는 재 흘러내리는
철로 변에 있었다
그것은 피사체가 아니었다
마음은 사진기계가 아니었다
나는 잠시 걸음을 멈추었다
들장미라는 말이 떠오르기 전에
들장미가 있었다

그것은 분석의 대상이 아니었다
나는 향기로운 한 송이 인간이 아니었다
우울하게 나는 다시 길을 갔다
그 뒤로도 이십 년을 무겁게 나는 걸어왔다

들장미는 어떻게 되었을까
아직도 재 흩날리는 철로 변에
기우뚱하니 피어 있을까
황사 바람 불고 흙먼지 떨어지는 밤에
나는 이 글을 쓰고 있다
사실 처음에
첫줄은 이것이었다;

들장미는 고생대의 아침노을을 연상시킨다

화분

소외의 군락에서도
또 소외가 일어난다
밤이다
화분이 보이지 않는다
놓아둘 곳이 마땅치 않았던 화분
키가 흑두루미만 한
그러나 너절하게 잎을 늘어뜨린 자태가 보기 싫었던
나에게는 사랑을 받지 못한 화분
유리창을 두드리는 빗소리 들린다
창문을 연다
어류처럼 축축한 밤의 공기
썩은 아가미를 벌려라, 비가 온다
죽은 지느러미를 저어라, 비가 온다
현관문을 열고 계단들을 올라간다
묵직하게 닫힌 철문을 열어젖힌다
텅 빈 옥상
어두운 하늘 밑 쥐회색 지붕들
비가 온다 텅 빈 건조대

그 옆에서 화분이 우두커니 비 맞고 있다
담뱃불을 자꾸 비가 끈다
도대체 이 화분 안의 주인공은
어디에서 오신 누구이신가

그림자

개울에서 발을 씻는데
잔고기들이 몰려와
발의 때를 먹으려고 덤벼든다
떠내려가던 때를 입에 물고
서로 경쟁하는 놈들도 있다

내가 잠시
더러운 거인 같다

물 아래 너펄거리는
희미한 그림자 본다
그 너덜너덜한 그림자 속에서도
잔고기들이 천연스럽게 헤엄친다
어서 딴 데로 가라고 발을 흔들어도
손으로 물을 끼얹어도 잔고기들은
물러났다가 다시 온다

여울에서

물 아래 꾸물거리는
물여우는 늙어서
물 위의 물여우나비가 되지만
나는 시의 허물이나 되는 것일까

물까마귀가 여울가에서 푸드덕 날아오르고
피라미들이 물살을 거슬러
여울목을 오를 때에도
과거로 가는 지느러미란 없는 법

발바닥에 미끌미끌한 자갈들
다리 가죽을 휘감으며 후려치는 물살
출렁거리는 거울 속으로 걸어가는 것처럼
눈부신 여울을 건너가는 대낮에

흘러가는 것은 나
나를 건너가는 것은 여울물인가

돌의 맛

내가 돌멩이를 물어뜯으며 무슨 말을 했다고 해도
돌에게는 나의 말이 먹히지 않았을 것이다
요동치는 마음과는
절대적인 거리를 두고 있는 돌,
황룡사가 큰 불길에 날아가도
드넓은 빈터에 묵묵히 남아 있는
밤하늘 항성들과 짝할 만한 돌,
그 돌들과는 침묵으로 통화해야 하지 않았을까

구불구불한 물길을 따라 굴러오고 또 굴러온
조약돌 하나
봄의
강가에서
심심한 오후를 보내고 있을 때

돌이여,
내가 미련하다
손에 쥐었다가 바지 주머니에 넣었다가

무슨 맛인지 잠깐 입안에 넣어도 보았는데
돌은 아무 맛도 없었지

혀도 없고 입술도 없고
목구멍도 없었던 시절의 침묵처럼
돌은 아무 맛도 없었지

여울이 가왕歌王

왜가리는
반가사유상도 아니면서
고개를 숙이고 물가에 서 있었다
천 개의 손가락들이 쉬지 않고
줄 없는 거문고를 뜯듯이
여울 물소리 들려오고 있었다
나는 물의 관객이었다
뜨거운 청중이었다
눈은 눈부신 여울을 보고 있었고
귀는 여울의 노래를 듣고 있었다
여울가에는 큼직한 음표 같은 돌들이 많다
조약돌들, 자갈들
하늘 밖에서 굴러 온 무슨 은하계의 돌 조각이든
늘 귀머거리 늙은이인 돌들에게
들을 테면 들으라고 나는 말한다
여울이 가왕이다 그침이 없다
그렇지 않다면 온몸을 게우듯 왝왝거리는
왜가리가 가왕이랴

백만 년이 넘도록 맺힌 이슬

이슬을 건너가는
여치 뒷다리에
이슬이 걸리더라

이슬을 건너가는 여치
뒷다리에
이슬이 걸리오

은하수를 건너가는 여치 뒷다리에도 이슬이 걸립니까

이슬을 건너가는 여치
뒷다리에 이슬이
걸리는군요

이슬을 건너가는
여치
뒷다리

백세주 병이 버려져 있는 해 질 녘

골리앗크레인으로도 들어 올릴 수 없는 구름들
나이가 팔만사천 살쯤은 돼 보이는
누더기 구름들이 석양천夕陽天을 흘러간다

눈앞에는 티끌 더미처럼 흘러 다니는
하루살이 떼의 군무
몸을 거뜬하게 들어 올리는 날개들과
어처구니없게 추락하지 않는 자연스런 비행술

하루살이 눈알에 비치는
해 질 무렵 붉은 하늘은
얼마나 큰 여백이고 불길함인가

오물과 중금속과 거품 덩어리가
둥둥 떠내려오는 개천가에
빈 백세주 병은 아무렇게나 버려져 있고

얼마나 하찮은 하루들을 살아왔는지

내가 누추하게 장수하는 하루살이 같구나
그래도 오래오래 살아야 한다면
요절한 신선 팽조처럼
오륙백 살 정도는 살아보고 싶구나

열목어

서울에서 나는 저녁의 느낌들을 잃어버렸다
역삼역 옆 스타타워 빌딩에서
큰 네온별이 번쩍거리면
초저녁
땅거미도 어스름도 없이
발광하는 간판의 불빛들로 눈은 어지러워진다

눈에서 열이 날 때
열목어를 생각한다
두 눈이 벌게졌을 때
안과 의사가 쌍안경 같은 구멍으로 내 눈을 들여다볼 때
의사 선생님
제 눈이 매음굴처럼 벌게졌나요?
아니면 정육점 불빛처럼 불그죽죽합니까?
의사가 눈에 칼을 댈 때
피와 눈물과 고름으로 눈구멍이 뒤범벅일 때

열목어를 생각한다

무슨 북극 체질인 물고기처럼
사시사철 서늘한 계곡에서 눈의 열을 식히는
열목어야! 열목어야!
그 적막 깊은 심산유곡에서
멋모르고 서울로 내려왔다간
네 눈구멍에서 화염과 연기가 치솟을 거다

물허벅

검은여길, 그 길 끝에서 바라보면
멀리 거무스름한 바위섬 같은 것이
바다에 있다가 없기도 하고
없다가 있기도 하는 것인가

제주도 여자들이 등에 짊어지고
물을 길어 나르던 물허벅을
바닷가 한 호텔 앞에서 보았을 때
분수대의 동상이지만 처녀의 물허벅에서
콸콸콸 물이 쏟아지고 있을 때
물소리 속으로 사라진 제주 할매들을
나는 오후의 이슬들처럼 생각하고 있었다

사라진다는 것은 눈썹을 다 지우고
눈동자도 없이 투명한 눈을 뜨는 것이리라
이상하게도 돌구멍이 많은 제주도에서
물은 구멍에서 구멍으로 미끄럽게 빠져나가고
물을 물허벅에 담다 보면 억척스런 처녀는

어느덧 손녀를 등에 업은 인자한 할머니가 된다
절대로 늙지 않고
죽지도 않는 할아버지들은
왕눈이 돌하루방들 아니랴

아지랑이

쑥내 풍기는 햇살 속에서
오래전에 타계한 우리 할머니 같은
꼬부랑 할머니가 냉이를 캐고 있었다
어른거리는 아지랑이
이미, 많은 내 숨결은
나 아닌 숨결이 되어버렸다

정오 무렵, 섬을 가로지르다
평지처럼 밋밋해진 무덤을 밟고 서 있는
수염 긴 염소와 눈이 마주쳤다
내가 나를 들여다보는 듯한 기묘한 느낌!
길 위에서의 우연들
엉성한 거미줄처럼 찢어질 인연들
악연이든 우연이든 필연이든
내가 그 무슨 연緣에도 속하지 않는 날이 있을 것이다

밋밋한 무덤 위에 우뚝 선 염소는
경계를 늦추지 않고

뱃속에서 꺼낸 풀을 다시 우물우물 씹으면서

당신은 뭐요?라고 묻는 듯 나를 쳐다본다

그 뿔난 머리 너머에서

어른거리는 아지랑이

드넓은

숨결의 비천상飛天像

물뱀

논두렁길을 가다 돌로 쳐서
질퍽한 진흙에 처박은 물뱀을 생각하면
돌이 성서 같다
실연 뒤에 황야로 나가
돌로 제 음경을 찧었다는
아프리카 어느 시인의 고백도 떠오른다
물뱀좌는 하늘의 남극 가까이 있지만
누가 죽은 물뱀들을 물뱀자리에 올려줄까
진흙에 배를 깔고
꿈틀거리는 즐거움을
거룩한 분들은 죄악시하느니
카르마를 모르는 물뱀은 꾸불텅꾸불텅
늪으로 미끄러져 들어간다
물뱀의 율동과 함께 물풀들이 율동하고
율동은 물결을 일으키며 늪 전체로 퍼져나간다
그리고 홀연히 물뱀이 어디론가 사라지면
늪의 고요를 끓이듯 하늘에서
한 마지기 거울 같은 뙤약볕이 쏟아진다

피서지에서

텅 빈 도시를 등지고 동해안에 갔을 때
눈앞에서 그저 선 하나로 존재해도 되는
수평선이 있었네
아이는 파도랑 물개처럼 놀다가
입술이 파래지면 뭍으로 걸어 나와
모래찜질로 몸을 다시 덥히곤 했지
누가 익사하지 않나? 구조대원들이 높은 데 앉아
무시무시한 바다를 감시하고 있을 때
낮술에 크게 취한 한 남자가
바다의 익사체처럼 드러누워 뻗어 있을 때에도
나는 놀면 큰일 나는 가장으로서
여덟 살 아이의 늙은 비서로서 해변에 남아
좀 엉뚱한 상상에 빠지기도 했다네
이를테면 왕소금으로 절여버려도 죽지 않고
소금을 녹이면서 끈적거리는 유령
해파리처럼 흐물흐물한 유령은 물론이거니와
신음하는 남자를 삼키고 유유히 멀어져가는
길이 13미터짜리 바다뱀 같은 유령에 대해서도

비 분류법

밀가루 반죽 덩어리를 주물럭거리다
두 손이 반죽에 들러붙어 떨어지지 않을 때의 느낌을
식충식물에 붙어 흐느적거리던 벌레들과
끈끈한 성의 마성魔性에 곤혹스러워했던 남녀는 이미
충분히 느껴보지 않았을까
웨딩드레스를 걸친
유리 속 마네킹들은 한때
물렁물렁한 회반죽 덩어리
두개골이 텅 비고 본능이 제거된 그것들은
붕대에 둘둘 말린 키 큰 미라를 떠오르게 한다
마네킹과 콘크리트와 철근의 도시에서
물질적 반죽으로 부풀어 오르고 싶은 비
옷에 스미고 살에 닿으면서
분비되는 나의 진액들과 뒤섞이는 비
그것을 과연 누구의 비라고 말해야 하는 것일까
진액에 뒤섞인 빗물이 나의 것인지
빗물에 뒤섞인 진액이 비의 것인지
폭우가 쏟아진다

기우제를 올리는 사람들마저
익사체로 만들어버릴 기세로
퍼붓는 폭우, 스며들 곳 없이 갑자기 불어나며
이리저리 거리를 몰려다니는 물
그 물을 굳이 방황하는 물이라고 분류해야 할까

부두의 오후

하늘을 믿는 늙은이는 커다란 날개를 펼치고
남극해에서 칠레 해안 쪽으로 날아가고 있을까

오징어잡이 배들이
밧줄을 늘어뜨린 채 정박해 있다
즐비한 집어등은 밤에 휘황했으나
낮이면 권태로운 사창가—쉬파리골목을 연상시킨다

금으로 만들지 않으면 닻이든 덫이든
고철로 변하기 마련,
녹슨 닻들이 나뒹구는 콘크리트 부두에
파리들은 삼삼오오 앉아 뒤통수나 긁고 있고
오징어 내장들을 두엄 더미처럼 쌓아놓은 것도 아닌데
묵은 지린내 같은 비린내가 코를 찌르는 오후

닻 없는 마음의 돛인 양
흰 구름 한 조각 수평선 너머로 흘러간다

무지개

흰 대머리 바위들을 적시며
한 차례 소나기가 지나가더니
인왕산 위에
무지개 떴다

동물원 우리에서 보았던
앞뒤가 영 딴판인 공작새
부채 같은 꼬리 깃털들 떠오른다

굳이 새삼스럽게 말을 하자면
내 몸 안에도 무지개가 있는데
다름 아닌 오욕칠정五慾七情이 나의 무지개

찬연할 때 있다
음울할 때도 있다

사구沙丘에서

발바닥과 대지가 합장하듯 만나는 일이
땅 위에 살면서 이토록 어려운 것은
비단 양말이나 구두의 두께 때문이 아닐 것이다

뜨거운 자갈밭을 맨발로 걸어본 지 오래되었다
두려움 속에서 어질어질한 철교를 걸어본 지도 오래되었
다
아무튼 망자들도 한때는 걸었었고
그 걸음걸이는 모두 공기를 온몸으로 밀고 나갔던
직립 인간, 혹은 두 발뿐인 길짐승의 보행

....
여인의 허벅지보다 보드라운 모래들이
허물어지는
오후의
사구

긴 꼬리를 끌면서 죽어라 모래언덕으로 달아나는

저 도망자는

도마뱀?

아니, 표범무늬장지뱀인가?

죽뻘

1

죽뻘에서 죽는다는 것은
배설물처럼 죽뻘에 반죽되는 것이다
죽뻘에는 무덤이 없다 설령 있다 해도
무덤은 죽뻘에서 뭉개져 죽뻘이 되었을 것이다

죽뻘에서 죽는다는 것은
썰물과 밀물, 그 반복되는 바다의 애무 밑에서
이불 없이 잠자는 것이다
죽뻘에는 비석이 없다 그러나 나는 게를 위해 묘비명을
쓴다
　—한평생 옆으로 걸었노라!

구멍으로 나와 구멍으로 들어가는
게의 흔적은 뭉개지고 지워진다
죽뻘에서 죽는다는 것은
죽은 것도 아니고 산 것도 아닌

혼돈의 반죽 같은 상태로
바다의 부드러운 애무를 받는 것이다

2

젖무덤의 만다라처럼
끈적끈적한 죽뻘에서
배를 밀며 기어 다니고 꿈틀거리는 것들,
어디가 입구멍이고 어디가 똥구멍인지
그 구멍이 그 구멍 같을 때
앞장서는 구멍에 끌려가는 구멍이 항문 아닐까

갯지린내 속의 갯가재, 아무르불가사리,
가시닻해삼, 큰구슬우렁이, 서해비단고둥,
만약 뻘이 만물의 어머니라면
우리는 족보 어지러운 뻘가家의 자식들인가

조개껍질

물렁물렁한 것이 떨어져 나가고
딱딱한 것만 남아 있다
텅 비어 열린 곳에는 모래들이 흘러들었다

이 조개껍질 속에 한때
고독한 삶이
있었다

웅크리면서 펼치는
우주적인 우연성의 무늬들이 있었다

그 무늬를 빚은 질료들의 목록;
삼엽충 껍데기, 은하수놀래기의 뼈, 말미잘 똥 등등⋯
물론 거기에는 빗살무늬토기를 빚을 때의
손과 마음 같은 것이 필요했을 것이다

2

감각을 벗어나 흘러가는
어떤 흐름을
전혀 느끼지 못하면서 살아간다

오래된 먼지의 울음소리
고요의 냄새
계성운의 질감 같은 것

조개껍질과 무늬는 서로 떨어지지 않는다
등가죽에 새긴 해마 문신과도같이
죽은 뒤에도 잘 지워지지 않는 무늬

그러나 무늬들도 차츰 지워진다
마치 흐름소리 ㄹ, r, l이
침묵하는 어떤 긴 흐름을 조용히 뒤따르는 것처럼

중생대의 뼈

진품공룡대전은 관람객들로 우글거린다
공룡 알 화석들을 지나
거대한 뼈
강철 버팀 쇠와 함께 조립한 뼈들은
붕괴되지 않은 오래된 철교 같기도 하다

어마어마하게 엉성한 뼈들
그 사이로
아직 근육이 붙어 있는 사람들이 걸어 다닐 때
천장 높이 걸려 있는
저 텅 빈 두개골은 무엇인가?

물어뜯을 강한 이빨도 없이
시간은
육식이든 초식이든
모든 가죽과 힘줄을 뜯어내고
오장육부를 긁어내고 피를 말려버린 것을
나는 티라노사우루스의 뼈 앞에서 보고 있다

신발을 끌며 걸어 다닐수록

걸어 다니는 내 뼈들이 훤히 보이는

진품공룡대전

무더운 전시장 밖으로 나오면

삼성동 거리, 나부끼는 깃발들과 나뭇잎

중생대의 바람은

잠을 자다 다시 일어날 뿐

모습 없는 무색 괴물처럼 죽지도 않는가

거리에 바람 분다 선선하다

아직 내 눈두덩에 눈썹이 붙어 있다

태양의 납골묘

둥근 지붕뿐만 아니라
납골당 내부의 유골 보관함을
철제도 석재도 아닌
투명한 유리로 바꿀 것을 제안합니다

그리고 유골 보관함 속의
뚜껑 덮은 유골 단지들도 모두
투명한 유리 항아리로 바꿀 것을 제안합니다

그리하여 우리가 태양의 납골묘 안으로 들어섰을 때
번쩍거리는 유리들의 복도 사이에서
걸림 없는 맑은 시선으로 재를 들여다보며

적어도 건조된 재에는 더 이상 불길한 욕망들이 없다는
것을
우리가 눈으로 직접 확인할 수 있도록
배려해주시기 바랍니다

도마뱀

사리 또한 영원한 보석은 아닐 것이다
연꽃이 품은 만월처럼
용의 비늘들이 들러붙은 자궁처럼
부도에 새긴 문양들, 보이지 않는
사리함

뙤약볕 내리쬐는 부도밭에서
금갈색 도마뱀을 만난다
나를 무슨 괴물체처럼
이상한 눈으로 갸웃거리며 쳐다보는
한 마리,
굽어보는 나도 한 마리,

돌들이 후끈거리는 부도밭에서 우리는 이별한다
우리 입적 뒤에는 개뿔도 없을 것이다
금갈색 꼬리도
비밀스런 추억도

거울

거울을 볼 때마다
점점 젊어지는 사람이 있다면
그게 요귀지 사람일까

거울 공장 노동자들은
늘 남의 거울을 만들어놓고
거울 뒤편에서 주물처럼 늙는다, 사라진다

벌건 무쇠를 두드리며 얼굴 벌게지던 대장장이를
영원히 눕혀버린 달이
곰팡이도
녹도
이끼도 없이
빌딩 모서리 위로 낫처럼 솟고 있을 때

문득 거울에 비친 제 모습을 보다가
껄껄껄 웃을 만큼
낙천적인 해골은 누구일까

거울과 눈

아무것도 아니면서
모든 것이
나인
공왕空王처럼

고요한 투명성의 내력은 오래된 것이다
눈꺼풀을 떼어낸 눈처럼
거울은 눈을 감지 못하고 있다

*

거울이 하나의 눈이라면 그것은 눈꺼풀 없는 눈, 속눈썹 없는 눈, 눈동자 없는 눈이라고 말할 수 있다. 달마가 늘 깨어 있으려고 자신의 눈꺼풀을 잘라냈다는 믿기 힘든 이야기가 전해지지만, 아무튼 거울이 하나의 눈이라면 그 눈은 우리를 무심하게 보고 있다. 허공은 얼마나 큰 거울이며 무변안無邊眼인가. 안과 밖, 앞과 뒤가 없는, 통째로 맑고 고요한 눈알이 허공이다. 변화무쌍하게 흘러가는 것들과 절대로 흘러가지 않는 것을 명상하기 위해 인간은 거울을 만든 것이 아닐까? 영원히 눈을 감지 못하는 거울을.

자연

황홀에 젖어 흘러나오는지 모르겠으나
구더기들이 흘러나오는 썩은 시체

잉어는 강가 자갈밭에 누워 있다
쩍 벌어진 입이 토해내는 침묵의 열기
뭉게뭉게 흘러 다니는 악취와
잉어 해골 위에서 이글거리는 태양

춤추는 시바siva처럼
쉬파리가 뙤약볕 속으로 날아온다
쉬 스는 어머니
시체가 누더기 되도록 구더기 떼를 풀어놓는
쉬파리들의 섹스

그 위에서 태양이 우리 죽을 때
눈부신 시선을 거두어 갈 것이다

고요한 새장

범종 모양의 이 오래된 새장은
조용하다
떨어진 깃털 하나 없이
바닥에 먼지들만 쌓여 있다

넝쿨장미들이 담장을 넘어오는 오월에도
죄수들에게
아름다운 형무소가 없듯이

이 고풍스런 새장에서
노래를 잊고
새들이 질식해갔으리라

검은 돌

전복죽도 먹갈치도 먹어봤지만
남는 것은 돌이었다
돌들은 밭 한가운데 무덤을 둘러싸기도 하고
낮은 돌담을 이루거나 저 홀로 뒹굴면서
제주도의 영원한 주인은 돌이라는 듯
도처에서 존재를 주장했다

그 무뚝뚝한 돌들의 검은 침묵 앞에서
나는 표면장력으로 웅크린 피,
흩어질 늑골을 싸고 있는 가죽 자루에 불과했는지 모른다

유채꽃도 조랑말도 보았지만
인상 깊은 것은 돌이었다
그 돌들의 어머니처럼
잠자던 오후의 한라산
화산재와 불을 하늘로 뿜어대면서
용암이 흘러내리던 크나큰 자궁이시여!

돌부리

넘어져도
흙 묻은 손을 툭툭 털고 일어나
아무 일도 없었다는 듯
가던 길을 그냥 가는 사람은
너그럽고 슬기로운 인물이다
폐금광 가는 길가에
큰 부채처럼 늘어서 있던 포플러
그 나무 그림자들 틈에 끼여서
내 그림자도 덩달아 길어지던 해 질 녘에
느닷없이 발을 걸어
나를 넘어뜨렸던 돌부리
땅 위로 부리를 뾰족하게 내놓고
시치미를 떼던

돌!
돌인데 어찌하랴
그걸 땅에서 파내 허공으로 던진다 한들
날개 없는 돌을 어찌하랴

멸치와 고행자

페미니즘이 좀 겁나는 시대에
식탁에서 멸치를 다듬는다
입이 삐죽한 멸치
대가리를 떼어낼 때 똥이 따라 나오기도 하는
중멸치 대멸치를 다듬으며
가을 오대산 우람한 전나무 길과
밤의 적멸궁을 에워싸고 있던
칠흑 어둠을 생각한다

가물거리던 촛불들
누구는 다라니를 외고 그 옆에서 좌선하던
눈이 유난히 큰 고행자가 있었다
늘어뜨린 긴 백발에 말라빠진 그를 보는 순간
끔찍했다
자신이 형무소장인 불교형무소에서
늙어버린 죄수를 본 느낌이랄까

가을 오대산을 떠올리며

식탁에서 멸치를 다듬는다

싸락눈 같은 눈알이 떨어질 듯 겨우 붙어 있어도

적멸이 두렵지 않은 멸치, 만약 적멸에

처소處所가 있다면

적멸은 지금 적멸궁뿐만 아니라

멸치 대가리와 말라빠진 똥 속에도 있을 것이다

텔레비전

하늘이라는 무한無限 화면에는
구름의 드라마
늘 실시간으로 생방송으로 진행되네
연출자가 누구인지는 모르겠으나
그는 수줍은지
모습 드러내지 않네

지난여름의 주인공은
태풍 루사가 아니었을까
루사는 비석과 무덤들을 무너뜨렸고
오랜만에 뼈들은 진흙 더미에서 해방되어
강물로 뛰어들었네

기를 쓰며 울어대던 말매미들이
모두 입적入寂한 가을
붉은 단풍이 고산지대로부터 내려오고
나무들은 벌거벗을 준비를 하네

그들은 어느 산등성이를 걷고 있을까
툭 트인 암자 툇마루에서 쉬고 있을까
나는 천성이 게으르고 누구와도 잘 어울리지 못하는 사람
인지
산 좋아하는 이들을 마지못해 따라나서도
계곡에서 그냥 혼자 어슬렁거리고 싶네

누가 참 염치도 없이 내다버렸네
껍데기만 남은 텔레비전이
무슨 면목 없는 삐딱한 영정처럼
바위투성이 개울 한구석에 처박혀 있네
텅 빈 텔레비전에서는
쉬임 없이
서늘한 가을 물이 흘러내리네

바보성인에 대한 기억

─바보성인과 함께라면 우리도 좀 바보가 되어서 눈송이들로 우물을
메우는 즐거움을 과연 누릴 수 있을 것이며 공터에 눈의 사원을 지어서
그 대웅전에 눈사람을 들어다 높이 앉혀놓고 얼굴에 미소 가득한 눈사
람의 설법을 들을 수도 있을 것인가

내 생각의 불길로는 도무지 태울 수 없고
밝힐 수 없는
허공에서 펑펑 큰 눈이 왔다
모르는 것은 모르는 게 좋다고
그래야 마음이 좀 평화롭다고
뜨거운 생각의 화로에도 쏟아지듯 큰 눈이 왔다

보기 힘든 빌라 사람들이 나타나
골목의 눈을 치우고
나도 삽을 빌리러 구멍
가게로 갔다

세상이 온통 눈 천지였다

이쪽을 치우다 보면 저쪽이 불어나고
그래도 눈을 이리저리 치워야 했다
이 짓이야말로 제로에서 제로를 퍼다가
제로를 메우는 일 아닌가

그런 더러운 의문이 바보성인에게는
일어나지 않았을 것이다
삽을 되돌려주러
구멍가게로 갔다
골목과 골목 아닌 곳이
온통 눈이었다
엄청난 쓰레기인 눈 더미
하늘이 우리에게 쓰레기를 치우라고
그 많은 눈을 퍼부었단 말인가

공터의 소

두 손으로 뿔을 잡아당기면
산의 힘이 느껴지던 소
눈물이 글썽한 채 팔려 가던 소
도살장의 백열등
정육점의 붉은 등
그리고 마장동 고기 시장의 고깃덩어리

하늘의 공터에 두루 달 밝은 밤에
달빛 뜯어먹는 흰 소를 상상해본다
아무 울타리 없는 공터는
젖소 목장과 달라서
십우도十牛圖에서 빠져나온 소들이 1, 2, 3, 4, 5,
6, 7, 8, 9, 10단계를 모두 잊어버리고
소 찾는 사람이나
거꾸로 소 타고 피리 부는 사람도 잊어버리고
그저 공터에 가득한 달빛을 뜯어먹고 있고

그러나 부위별로 살코깃값이 다른 소는

퍼즐처럼 조각 조각 나눠진 뒤에
어디로 팔려 가는 것인지
음매! 움메!
광우병 걸린 소들이 저 미친 줄 모르고
불도저 뒤를 따라서 진흙 구덩이로
저마다 저를 묻으러 가고 있다

기암괴석 앞에서

거대한 무쇠처럼 한기를 뿜는
텅 빈 골짜기에 눈 내릴 때
내 사량思量의 적설량은
스님네들이 쓸어버리는 싸락눈쯤 될까

기이한 바위가 나더러
둔하고 어리석게 살라고 하네
괴상한 돌도 나더러
어리석고 둔하게 살라고 하네
그러나 바보 멍청이가 아닌 다음에야
누가 그렇게 살 수 있단 말인가

기암괴석 틈에 뿌리 박고
꾸부러진 늙은 소나무
내려올 길 없는 절벽 사원의 외로운 노승처럼
허공에서 성긴 눈을 맞고 있네

아무 일 없었던 나

죽음 너머
내가 태어나기 전의 고향

아무것도 없이
아무것도 바라지 않으면서
아무것도 모르고 아무 일 없었던
나

그 무일물無一物의 고향으로 가는 문짝이
지금 내 안에서 퀴퀴하게
썩고 있다

구름들

구름에 걸려서 사람들이 넘어진다
그렇게 많은 사람을 죽여놓고
구름이 조용히 여름 대낮을 흘러간다
보라! 큰 감자 모양의 구름
어떤 구름은 상어를 닮았다

구름은 넘어지는 법이 없다
넘어진 사람들을 넘어서
구름들이 낮과 밤을 흘러가고
남대문시장에 북적거리던 인파가
오늘은 동대문시장에서 시끌벅적 출렁거린다

옷, 옷들, 옷가게의 점원들
하나의 몸뚱이를 휘감는 천들이 있고
흘러가는 구름 아래 수많은 옷들이 있다
벌거벗지 않고 사람들은 모두 옷을 입고 돌아다닌다
누가 구름을 걸치고 홀로 누워 있는
알몸뚱이 늙은이를 보았는가

이 세상 옷이 아니어서
수의는 값이 비싸다
어느 여행객에게 수의를 입히고
먼 길을 떠나는지 모르겠으나
느린 장의차에서는 벌써
흰 구름 냄새가 피어오른다

가을 잠자리

내가 끌고 다니던 지상의 그림자가
몸에서 떨어져나가는 달이 있을 것이다
(그 어두운 그림자가 하늘을 날든 말든)
그 달을 나는 뿔쥐해의 14월이라고 불러본다

시원한 바람을 따라 나부끼는 빨래를
꽉 붙들고 있는 집게
그 의무감이나 고집과는 다르게
가볍게 이륙했다 사뿐히 착륙하는
빨랫줄 위의 가을 잠자리

하늘을 날아다니는 물의 혼령 같은 잠자리
장대 높이 홀로 앉아
펼치고 있던 얇고 투명한 날개는
이제 서리에 바스러진 것일까
그 어떤 날갯죽지보다도 투명했던 날개는
대기를 가로지르며 쏟아지는 초겨울 햇살에 더욱 투명해
졌을 것이다

가을 잠자리들은 아무런 자취 없이 잠들었다

마치 수평선 너머에서

소금들이 바다에 잠든 것처럼

붉은 벽돌집의 가을

단풍 든 벽돌들이 우수수 떨어지나
낡은, 붉은 벽돌집의 가을에
오! 변기는
내가 생물이라는 것을
궁둥이로부터 차갑게 일깨운다

변기 뒤에 숨어 귀뚜라미가 우는,
슬리퍼 끄는 소리에 울음을 뚝 그쳐버리는,
한밤중 무슨 일이 일어나고 있는가?
아무 일도, 아무 일도 일어나지 않는 것 같지만
텅 빈 욕조에는 고요가 흘러넘치고
비눗갑의 비누는 어느새 녹아버리기 직전이다

변기 뒤에 숨어 귀뚜라미가 울음을 참고 있는
한밤중 거울에서 무슨 일이 일어나고 있는가?
아무 일도, 아무 일도 일어나지 않는 것 같지만
거울 속으로 흘러간 그림자들은
구름 그림자의 형제 물 그림자의 자매로서

누가 노를 저으며 물 밖으로 건져낼 수 있는

익사체 같은 것이 아니다

달과 도마

한쪽 눈으로는 달무리
다른 쪽 눈으로는 도마에 흘러내리는 피를
동시에 보는 일은
눈을 엇뜬 넙치에게나 가능한 일인가

초저녁 정육점에 들어섰을 때
주인아저씨는 마누라와 말다툼을 하다가
냉장고에서 살덩어리를 꺼냈고
칼과 도마
그 사이에서 여물 씹고 밭 갈던 듬직한 소의
살코기들이 빈 저울 위로 얹혀졌다

안목이 있든 없든
볼 테면 마음 놓고 알몸을 보시라고
하늘에 달 떴다
스모그 위로 뿔 없는 보름달 떴다

한쪽 눈에 은은한 달빛 들이치고

다른 눈에서 분홍색 피 흘러내리는 것은
도마 위에 퍼들쩍거리는 넙치
넙치에게나 일어날 수 있는 일인가

비둘기의 벽화

번쩍거리던 고드름이 사라졌다
그 대신
건물 벽에는
오래가는 것
잘 지워지지 않는 것이 나타났다
그것은 점점 길쭉하게 밑으로 내려가고 있다
끈끈하게 흘러내리다 굳어버리는 카오스 같은 것
똥의 힘은 그렇다
무질서하게
자연스러운 벽화를 만들어낸다
겨울날의 비둘기들이
벽 틈에 웅크린 하늘 거지들처럼 볕을 쬐면서
아무 뜻도 없이 배설물로 그려나간 희멀건 벽화를
봄날의 절벽 같은 베란다에서
나는 바라본다
비둘기는 조류가 아니라
시궁쥐가 속한 쥐과 동물에 가깝다
비둘기들은 숲속으로 돌아가지 않을 것이다

길바닥 찌꺼기를 주워 먹다가

발가락이 뭉개져도

날개가 쓰레기로 변할지라도

붕괴되는 사과

사과를 깎다가
구멍에서 꼼지락거리며
머리를 내미는 애벌레와 마주쳤다

애벌레는 화난 표정이었다
마치 자신이 소유한 별을
누가 건드렸냐는 듯 두리번거렸다

칼을 들고 나는 망설였다
사과는 애벌레의 부엌이자 방이요
뜯어먹을 한 세계였던 것이다

벌레 구멍 주위를 천천히
나는 도려내기 시작했다
소유를 굳이 따지자면
사과는 사과나무의 소유라고 해야 하리라

사과를 한입 물어뜯으며

입술의 물렁함을 나는 느꼈다
그리고 장님 애벌레로 변신할 필요도 없이
나의 세계가 즙을 흘리며
붕괴되는 소리를 들었다

두엄

문명과 나의 관계는 시큰둥하고 권태롭다
그래도 결별은 없다
자동차, 컴퓨터, 휴대폰, 그 광고들의 난리 속에서
내 피난처는 무심
그래도 피로와 적의 속에서 늙는다

어제는 턱에 흰 수염이 부쩍 늘어난 걸 발견했다
이건 자연의 묘용이고 일월日月이 흘러간다는 증거이며
내가 언젠가는 사라진다는 소식이다
나는 강원도에서 죽고 싶다
북춘천 우두벌에서
우두커니 바라보던 아지랑이,
향기 치고는 좀
역겨웠던 두엄 냄새,
산하대지의 두엄으로 육신이 두루 나누어질 때
그때는 지렁이처럼 축축한 생각들도
봄 하늘 아지랑이로 나른하게 발효가 될까

태양이 공병 부대 긴 담장과 논두렁 위로 굴러가던
북춘천
우두벌의 아지랑이,
이웃집 바보 처녀애도
두엄 냄새 속에서 괜히 침을 흘리며
한적한 마을을 낮도깨비처럼 실실 웃고 돌아다니던

휘발

장의차연대가 파업을 해서
무덤 가는 길을 다 봉쇄하고
힘없는 시신들을 인질로 삼으면 어쩔 것인가
장의차들을 모두 폐차장으로 끌고 가서
찌그러뜨린다고 해서
밀려오는 장례식들이 멈추는 것은 아닐 것이다

포이동 사거리 주유소 옆길
만발한 벚나무, 꽃잎들 바람에 흩어진다
어느 날 물결나비들이
이 땅에서 다 사라져도
주유소 기름 저장 탱크에는 중동 사막에서
퍼 올린 석유가 남아 있을 것이다
그리고 어느 날

내가 휘발해버린 그때에
더 이상 불안으로 덜덜거리는 중고中古의 혼이 나에게는
없을 것이며

재생 타이어처럼 재생될 뼈와 살도 없을 것이다

그렇지만 지금은 누구나 석유를 걱정한다

기름통이 바닥나기 전에 휘발유를

가득 넣다 보면 전쟁으로 석윳값은 껑충 뛰어 있고

휘발유 냄새 속에 오고 가는 얄따란 영수증과 만 원권 지폐들

옷에 기름때 절은 말총머리 아가씨는

사막을 건너가는 낙타들에게 나눠주듯

생수 두 병을 들고 걸어온다

범梵눈송이

1

하늘의 솜틀집에서
다시 부드러워지는 목화솜들처럼
눈송이 내려오는 저녁에는
이태원 거리 네온 불빛들도 덜 눈부시고
굉음에 고막도 덜 떨리는가
유색인과 백인들이 물질뿐인 시장에 뒤섞여서
흥정을 하고 물건들을 사고팔 때
종교와 인종을 넘어 내려오는
범눈송이들을
나는 우랄알타이어족의 말 속에서 보고 있다
말들의 계보 너머에서
소란을 삼키는 침묵처럼
어두운 하늘에서 내려오는 눈송이들을

2

쓸데없이 붐비는 눈송이들
관능을 풍기며 한 여자가 야시장으로 걸어간다
제 가죽을 팔러 가는
눈표범처럼

수평선

땅을 베고 하늘 보던
미륵의 돌뺨이
발그스름해지는 황혼 무렵에

와불臥佛이 발을 뻗은 저쪽
긴 수평선은
잔광을 번쩍거리는 큰 칼처럼 누워 있을까

우리가 태어나기 전에 있고
우리가 사라진 뒤에 존재하는 것
수평선은 하나의 불사신의 시선이다

우리는 한계 속에 살다 무한 속에 죽을 것이다
그러면 좀 억울하지 않은가
우리는 무한을 누리다 한계 속에 죽을 것이다

낙조

황혼 녘 수평선이 흐릿해져서
하늘은 거대한 미역인 양 바닷속으로 빠지는 것 같고
바다는 구름들을 이고 하늘로 일어서는 것 같다

그런가 하면 허름한 민박집 늘어선 바닷가에는
망원렌즈에 눈을 들이대고 서서
낙조落照를 박고 있는 사람들

재현도
자기표현도 아닌 곳에서 꿈틀거리는 화론畵論처럼

하늘은 거대한 미역인 양 점점 미끄러져 바다 밑으로 들
어가는 것 같고
바다는 붉은 구름 뭉치들을 이고
저무는 하늘 속으로 들어가는 것 같다

고요

이월의 강가
빈 나룻배
노는 누가 들고 가버렸는지
누가 지느러미를 들고 가고
누가 날갯죽지를 들고 가는 날이 있듯이
누가 내 등뼈를 들고 가는
큰 도둑놈의 날이 있을 것이다

이월의 강가
빈 나룻배
강물이 풀리면서
얼음장에 처박혀 있다 떨어지는
돌
돌들의 나라에는 고요뿐인가

히말라야 흰 봉우리들을 거꾸로 다 엎어버려도
메워지지 않는
해연海淵의

고요

둘로 쪼개지는 일 없이
없는 듯 어디에나 늘 있었던
하나의 고요

지금 이곳의 고요
두개골만 한 돌들의 고요

이월의 강
빈 나룻배
강물에 돌을 던지고 싶구나
던진다

풍덩!

노

변기가 크게 고장 나서
그치지도 않고 물 흐를 때
비로소 변기는
샘

물은
마르셀 뒤샹의
이마를 넘어 흐르고

하늘에서 떨어지던
희디흰 폭포와
물길에 흰 부드러운 계곡을
나는 기억한다

피안彼岸이 거대한 아파트 단지뿐인
한강
철교를 지하철이 건너가는 밤에

텅 빈 욕조에 들어앉아

홀로 노 젓는 시늉하는 사람이여,

시는 흘러가고

독자는 건너가는가

　1978년 출범하여 오늘까지 이어져온 '문학과지성 시인선'
이 독자들의 사랑과 문인들의 아낌 속에 한국 현대시의 폴리
스Polis를 이루게 된 사실은 문학과지성사에 내린 지복이기
도 하지만 동시에 한국 시를 즐겨 읽는 독자들에겐 '상리공생
相利共生'의 사안이기도 하다. 왜냐하면 한국 시의 수준과 다
양성을 동시에 측량할 수 있는 박물관의 역할을 이 시인선이
해줄 수 있기 때문이다. 요컨대 여기는 한국 시의 '레이나 소
피아Reina Sofia'이다. 시의 '뮤제오 프라도Museo Prado'가
보이지 않는 게 아쉽긴 하지만.

　그러나 '문학과지성 시인선'이 현대시의 개성들을 다 모아
놓고 있다고 오연히 자부할 수는 없다. 시인선의 편집자들이
한국어의 자기장 내에서 발화하는 시의 빛점들을 포집하기

위하여 고감도 안테나를 드넓게도 촘촘히도 작동시켰다 하더라도, 유한자 인간의 "앨쓴"(정지용, 「바다」) 작업은 빈번히 누락과 착오로 인한 어두운 그늘들을 드리워놓기 십상이기 때문이다. 환상과 우연의 힘들은 완전하고자 하는 의지를 김 빼는 한편, 우리의 울타리 바깥에서도 시의 자치구들이 사방에 산재해 저마다 저의 권역을 넓혀나가고 있다는 사실을 확인케 해 새삼 우리를 겸허한 반성 쪽으로 이끌고 간다.

모든 생명적 장소가 그러하듯이 시의 구역들 역시 활발한 대사 운동 끝에 팽창과 수축을 거듭하면서 크게 자라기도 하고 소멸되기도 한다. 때로는 구역의 진화와 시의 진화가 심히 어긋나는 때가 있으며, 그중 구역은 사용을 멈추었는데 시는 여전히 생생히 살아 있을 경우야말로 애달픈 인간사 그자체가 아닐 수 없다. 외로 떨어진 시 덩어리는 우주선과 잡석들이 빗발치는 망망한 말의 우주에서 유랑자의 위상에 처하게 되고 갈 곳 모른 채 표류하다가 서서히 소실의 검은 구멍 속으로 빨려 들어가거나 완벽한 정적의 외진 구석에 유폐된 채로 그 자리에서 먼지로 화할 수도 있을 것이다.

실로 한국 현대시 100년을 경과하면서 역사의 무덤 속으로 들어가기를 거절하고 삶의 현장에 현존하고자 하는 의지를 내뿜는 시 뭉치들이 이곳저곳에서 출몰하는 횟수를 늘려가고 있었으니, 특히 20세기 후반기에 출판되었다가 다양한 사연으로 절판되었거나 출판사가 폐문함으로써 독자에게로 가는 통로를 차단당한 시집들의 사정이 그러하여, 이들이 벌겋

게 단 얼굴로 불현듯 우리 앞을 스쳐 지나갈 때마다 우리는 저 시 뭉치의 불행과 저들과 생이별하여 마음의 양식을 잃은 우리의 불운을 한꺼번에 안타까워하는 처지에 몰리게 된다.

그리하여 우리는 '문학과지성 시인선' 내부에 작은 여백을 열고 이 독립 행성들을 우리 항성계 안으로 모시고자 한다. 이는 '시인선'의 현 단계의 허전함을 메꾸기 위함이요, 돌연 지구와의 교신망을 상실한 시 뭉치에 제2의 터전을 제공하기 위함이요, 독자의 호시심好詩心에 모자람이 없도록 하고자 함이니, 이 삼중의 작업을 한꺼번에 이행함으로써 우리는 한국 시에 영원히 마르지 않을 생명 샘의 가는 한 줄기가 될 수 있기를 소망한다.

이 작업을 통해서 우리는 옛것의 귀환이라는 사건을 때마다 일으킬 터인데, 이 특별한 사건들은 부족을 메꾸는 부정-보충적 행위를 넘어 새로운 시의 미각적 지대, 아니 더 나아가 새로운 정신적 지평을 여는 발견적 행동이 되고야 말리라는 것을 확신하는 바이다. 우리가 특별히 모실 이 시집들의 숨겨진 비밀이 워낙 많다는 뜻을 이 말은 품고 있거니와, 진정 이 시집들은 처음 세상에 모습을 드러내었던 당시 독자를 충격했던 새로움을 보존할 뿐만 아니라 같은 강도의 미지의 새 새로움의 애채를 옛 새로움의 나무 위에 돋아나게 해줄 것이 틀림없다. 그리하여 독자는 시오랑E. M. Cioran이 언젠가 말했듯 "회상과 예감réminiscence et pressentiment이 반대 방향으로 멀어지기는커녕, 하나로 합류하는"(「생-종 페르

스Saint-John Perse」, 『예찬 실습*Exercises d'admiration*』 in 〈저작집*Œuvres*〉, Pleiade/Gallimard, 2011) 희귀한 체험을 생생히 누리리라 짐작하거니와, 이 말의 주인이 그 체험의 발생 주체로 예거한 시인을 가리켜 "모든 시간대에서 동시대인으로 존재하는 사람un contemporain intemporel"이라고 말했던 것과 마찬가지로, 이 체험의 신비함이야말로 모든 시간대에서 최고의 신선도로 독자를 흥분케 할 것이다.

그렇긴 하지만 우리는 이 재생의 사건들을 특별히 꾸미는 별도의 총서는 자제하였다. 그보단 우리의 익숙한 도시인 '문학과지성 시인선' 안에 포함시키고자 하는데, 우리의 '시인선' 자체가 늘 그런 신비한 체험을 독자들에게 제공해주기를 기대하기 때문이다. 다만 아주 시치미를 떼어서 독자를 정보의 결핍 속에 방치하는 우를 범할 수는 없는 연유로, 처음부터 시작하는 번호에 기호 R을 멜빵처럼 감쳐서, 돌아온 시집임을 표지하고자 한다. R은 직접적으로는 복간reissue의 뜻을 가리키겠지만 방금의 진술에 기대면 이 귀환은 곧 신생과 다름이 없어서, 반복répétition이 곧 부활résurrection이라는 뜻을 함축할 뿐 아니라 더 과감히 반복만이 부활을 가능케 한다는 주장까지 포함할 수 있을 것인데, 그 주장이 우리 일상의 천편일률적이고 지루하고 데데한 반복을 돌연 최초 생의 거듭남으로 변신시키는 마법의 수행을 독자들에게 부추길 것을 어림한다면, 그것은 아무리 되풀이 강조되어도 지나치지 않을 것이다. 더욱이나 어느 현대 시인은 "R이 없어서,

죽음은 말 속에서 숨 막혀 죽는다*Privé d'R, la mort meurt d'asphyxie dans le mot*"(에드몽 자베스Edmond Jabès, 『엘, 혹은 최후의 책*El, ou le dernière livre*』, 1973)는 촌철로 언어의 생살을 도려내었으니, R을 통해서만 언어는 존재의 장식이기를 그치고 죽음조차 삶의 운동으로 되살리는 것이다.

그러니 '문학과지성 시인선'의 새로운 R의 행렬 속에서 우리가 독자들에게 바라는 것은 이 한 글자의 연장이 무엇이든 그 안에 숨어 있는 한결같은 동작은 저 시인이 암시하듯 숨통 터주는 일임을 상기해달라는 것이다. 이 혀를 안으로 마는 짧은 호흡은 곧이어 제 글자의 줄이 초롱처럼 매달고 있는 시집으로 이목을 돌리게 해, 낱낱의 꽃잎처럼 하늘거리는 쪽들을 흔들어 즐겁고도 신기한 언어의 화성이 울리는 광경을 마침내 목격하고 청취하는 데까지 당신을 이끌고 갈 수 있을 터이니, 그때쯤이면 이 되살아난 시집의 고유한 개성적 울림이 시집에 본래 내재된 에너지의 분출이면서 동시에 그것을 그렇게 수용하고자 한 독자 자신의 역동적 상상력의 작동임을 제 몸의 체험으로 느끼게 되리라.

㈜문학과지성사